轻松涂画名著

水浒传

红黄蓝

陶喆 周哲 著　龚晓琴 主编

全国百佳图书出版单位

时代出版传媒股份有限公司

黄山书社

目 录

基础知识

一、常用工具

1.笔　油画棒，又叫油粉笔，是用固体颜料制
成的一种绘画工具。它的色彩鲜艳、饱
和，质地细腻，可直接作画，不需要用
水、油等媒介来调和。因为它使用起来
十分方便、好把握，所以，成为少儿学
画的首选工具之一。

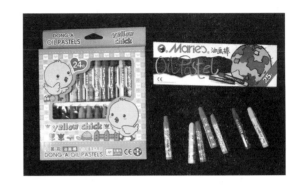

2.纸　用油画棒画画需要选用质地比较厚实、不易划破的纸张。常用的有：水粉纸、素描纸。

二、色相　色彩所显现的颜色为色相。

| 柠檬黄 | 中黄 | 土黄 | 橘黄 | 草绿 | 翠绿 |
| 大红 | 深红 | 紫罗兰 | 湖蓝 | 普蓝 | 黑色 |

三、原色、间色和复色

原色：红、黄、蓝三种颜色为色彩的三原色。

复色：三种以上颜色调和出来的颜色为复色。

间色：用两种原色调和出来的颜色称为间色。

调色方法

红色 + 黄色 = 橙色　　　蓝色 + 红色 = 紫色　　　黄色 + 蓝色 = 绿色

四、色彩的冷暖

暖色

　　使人感觉到温暖、火热的颜色为暖色。例如：看到大红、橙色就会使人联想到火和太阳，给人一种温暖的感觉。所以，黄色系和红色系的颜色多为暖色。

冷色

　　使人感觉到寒冷、清凉的颜色为冷色。例如：看到蓝色、绿色就会使人联想到冰雪和森林，给人以冷的感觉。所以，蓝色系和绿色系的颜色多为冷色。

暖色调作品

冷色调作品

五、油画棒的涂色技法

1.平涂法

　　均匀地平铺上色，使画面均匀平整。这是油画棒初学者常用的技法。涂色时下笔的力度大小要得当。

2.渐变法

　　用几种颜色衔接而产生的一种艺术效果。注意，渐变要有一定的冷暖或深浅变化规律。

3. 平涂加点、画线法

先平涂一种浅色，再用较深的颜色在它上面加点或者画线，让作品效果显得很丰富。

4. 点彩法

用一种或几种颜色以大小、形状不同的点进行点彩。打点也要遵循一定的规律，否则画面会显得"乱"。

5. 叠加法

先涂一层浅色，再用几种比它深的颜色一层一层叠加。这种技法适合表现色彩变化比较丰富的物体。

6. 刀刮法

先用油画棒在白纸或有色纸上涂一层或多层颜色，然后用美工刀刮去一层颜色，刻画出想要的效果。

高俅

高俅是宋徽宗时的太尉，因为善于踢球，被端王看中。不久端王当了皇帝，高俅也跟着发迹。他对上谄媚，对下狡诈，公报私仇，凶狠而不择手段，是个令人憎恶的反派人物。他逼得八十万禁军教头王进背井离乡，把另一位八十万禁军教头林冲弄得家破人亡。他时时出奸计与梁山好汉作对，最后还陷害宋江等人。

涂色步骤：

①用铅笔确定出高俅在画纸上的位置，注意帽子的结构。

②进一步用流畅肯定的线条勾勒具体轮廓。

③确定画面色调，用各种你喜欢的油画棒勾勒彩线。

④用浅灰、浅蓝、柠檬黄和肉色等油画棒简单涂一遍颜色。

⑤挑选黑色画帽子和面部的细节，用深蓝画衣服上的花纹。

⑥用颜色鲜艳的油画棒描绘背景，让画面变得更加完整。

4

鲁智深

　　鲁智深原名叫鲁达，他原来是经略府的提辖，因为看见郑屠欺侮金翠莲父女，三拳打死了镇关西。后来，他被官府追捕，逃到五台山削发为僧，改名为鲁智深。他背上刺有花绣，所以江湖人给他取绰号为"花和尚"。鲁智深因为在野猪林救了林冲，高俅派人捉拿他，他在二龙山落草为寇。后来，他又投奔水泊梁山，做了步兵头领，成为梁山泊第十三位好汉。

涂色步骤：

①掌握鲁智深的外形特点，简单勾勒出他的粗略轮廓。

②描绘出鲁智深的面部表情、服饰细节以及手中的兵器。

③挑选你认为合适的油画棒将铅笔稿勾成彩线。

④确定鲁智深的大体色调，用油画棒初步为他涂色。

⑤用各种颜色的油画棒进一步塑造出鲁智深的立体感。

⑥挑选浅蓝、橘黄和柠檬黄描绘背景，以衬托主体人物。

 # 端王

人 物 介 绍

　　端王是神宗皇帝的第十一个儿子，名叫赵佶。神宗皇帝死后，端王继位做了皇帝，也就是宋徽宗，北宋第八代皇帝。他执政27年，在政治上是一个昏庸无能的失败者；在绘画和书法上却有很高造诣。在位期间，宋徽宗重用奸臣主持朝政，大肆搜刮民财，挥霍浪费，腐化到了极点。

涂色步骤：

①用弧线粗略地概括出端王的大体轮廓。

②具体画出端王的五官等细节，刻画出他身后的景物。

③用橘黄、浅灰、橘红、褐色和草绿等颜色勾彩线。

④挑选橘黄、柠檬黄、浅灰和肉色为端王薄涂一层颜色。

⑤用朱红、黑色和橘红画出面部与服饰上的暗面。

⑥选择普蓝、浅蓝、草绿和玫瑰红等颜色涂画背景。

镇关西

人 物 介 绍

镇关西是渭洲状元桥下卖肉的屠夫，投靠在小种经略相公门下，雇了十几个刀手，号称"镇关西"，成了市井一霸。他强占了金翠莲为妾，玩腻了，便把人家赶出了家门，还向金翠莲父女俩追要"当初不曾得到他一文"的所谓典身钱。金翠莲父女俩只得以卖唱的辛苦钱来还，钱少了，还被郑屠辱骂。父女俩有苦无处诉，只能是以泪洗面。

涂色步骤：

①把握镇关西肥胖的形态特征，勾勒出他的外形。

②用铅笔描绘出镇关西的面部和身体细节，并添画背景。

③确定画面色调，用橘红、草绿、深蓝和浅灰勾彩线。

④用柠檬黄、天蓝、普蓝和肉色等油画棒为镇关西涂色。

⑤进一步塑造出镇关西和他旁边景物的立体感。

⑥着重刻画周围的景物，增加画面的空间感。

高俅得势

　　驸马派高俅送玉器到端王家，端王恰巧在踢足球，球滚到高俅身边，高俅马上使个鸳鸯拐，踢还端王。端王见高俅球技这么好，十分高兴，就将他留在身边。后来端王做了皇帝，高俅也因为自己的球技而被提拔，步步高升。

绘画辅导

1. 造型特点：主体人物高俅要画得大一些，端王和其他人物离得远，要画得小一些，这样才能使画面有主次之分。把握好高俅得意的面部表情和踢球的动作。
2. 涂色提示：小朋友们在涂色时要画出人物服饰上的渐变效果，以塑造立体感。
3. 课后作业：观察踢球人的动作，并画下来。

鲁提辖拳打镇关西

一天下午，鲁达、李忠、史进三人到酒楼喝酒，听到隔壁有人在啼哭，鲁达叫酒保带来哭泣的金家父女询问原因。听了镇关西强媒硬娶，强占翠莲，又将她赶出，还向金家追要典身钱，鲁达对镇关西的行为十分愤怒。第二天鲁达找到镇关西，故意激怒他，挑起打斗，继而三拳打死了郑屠，为民除了大害。

绘 画 辅 导

1. **造型特点**：鲁提辖愤怒的面部表情要和镇关西痛苦的面部表情形成鲜明的对比，要表现出鲁提辖打人时的力度。
2. **涂色提示**：两个主体人物离得很近，涂色时他们服装的颜色要有区别。
3. **课后作业**：以"运动会"为主题画一幅作品。

 # 林冲

人物介绍

    林冲在梁山泊英雄中排行第六，江湖人称"豹子头"。早年是东京八十万禁军枪棒教头。因为他被高俅陷害，被发配沧州，在路上幸亏鲁智深在野猪林相救，才保住了性命。被发配沧州牢城看守天王堂草料场时，又遭高俅心腹陆谦放火暗算。林冲杀了陆谦，冒着风雪连夜投奔梁山泊。

涂色步骤：

①把握好林冲帽子、脸和身体的比例，勾勒粗略轮廓。

②进一步用流畅肯定的线条勾勒具体轮廓。

③确定画面色调，用各种你喜欢的油画棒勾勒彩线。

④用普蓝、玫瑰红、紫色和肉色等油画棒为林冲涂色。

⑤挑选黑色油画棒描绘面部、服饰和兵器上的暗面。

⑥用浅蓝、深蓝和白色涂画出雪天的背景，

史进

人物介绍

　　史进是华阴县史家庄史太公的儿子，他全身刺了九条青龙，所以外号叫"九纹龙"。东京八十万禁军教头王进遭高俅陷害，带着老母亲逃往延安府，路过史家庄时老母亲病倒了，王进就住在史家庄教史进武艺。史进打败了在家乡附近少华山上当强盗的好汉朱武、陈达、杨春，并和他们成了好朋友。后来，猎户李吉告了官，华阴县派兵围了史家庄，史进和朱武、陈达、杨春一起杀败了官兵，上了少华山。史进最后归降梁山，在梁山英雄中排第二十三位。

涂色步骤：

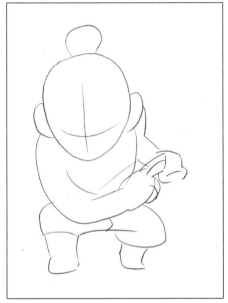

①掌握史进的动势，简单勾勒出他的基本形。

②具体描绘出史进的面部和身体上的特征，以及周围的景物。

③用你认为合适的颜色为画面勾勒彩色线条。

④挑选浅灰、肉色、草绿、天蓝和柠檬黄涂出大体色调。

⑤用黑色和朱红等颜色进一步塑造史进身上的立体感。

⑥为画面铺出草绿色的背景，以衬托出主体人物。

智真长老

人物介绍

　　五台山文殊院的智真长老是个得道的高僧，修行深不可测。在鲁智深打死了"镇关西"后，官府到处通缉他，他无处藏身，就逃到五台山文殊院中避难。寺中的智真长老看出鲁智深有慧根，于是给他法号智深。鲁智深忍受不住佛门清规，在寺院不守规矩，酒后闹事，后来在智真长老的推荐下又去了汴京的大相国寺。

涂色步骤：

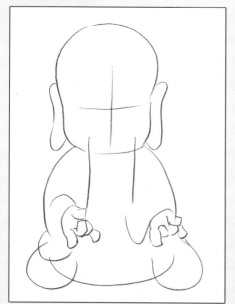

①用概括的手法，勾勒出智真长老的基本外形。

②画出智真长老的面部特征和袈裟上的花纹。

③用大红、玫瑰红和柠檬黄为画面勾勒彩线。

④挑选肉色、浅灰和柠檬黄简单地为人物涂色。

⑤用朱红、大红和黑色等油画棒画出暗面，增强立体感。

⑥铺出橘红、柠檬黄和草绿色渐变的背景，丰富画面效果。

索超

索超是梁山第十九条好汉。因为他性子急，上阵时当先厮杀，人称"急先锋"。他原是大名府梁中书手下的正牌军。杨志杀了牛二被发配到大名府后，梁中书叫副牌军周谨和杨志比武，杨志打败周谨，气坏了周谨的师父索超，索超挥动大斧和杨志大战五十几个回合不分胜负。梁中书便将索超、杨志同时升做提辖。梁山人马攻打大名府救卢俊义、石秀，梁中书命索超、李成为先锋出战。索超被骗进陷坑，杨志劝他归顺了梁山泊。

涂色步骤：

①掌握好索超的动态，用铅笔归纳出他的大体轮廓。

②进一步用流畅肯定的线条勾勒具体轮廓。

③确定画面色调，用各种颜色的油画棒勾勒彩线。

④用柠檬黄、肉色、浅灰、草绿、天蓝等颜色为索超涂色。

⑤用黑色涂画眼眉和胡子，并塑造出人物的立体感。

⑥最后，完善细节。涂出紫色的天空和草绿色的地面。

奸计害林冲

高俅的义子相中了林冲的老婆，他为了让他的义子得到林冲的老婆，就设计陷害林冲。高俅派一个手下假装成卖宝刀的，在大街上卖宝刀，结果林冲果然中计，买了这把宝刀。于是高俅派人来说，听说林冲买了一口宝刀，高太尉想看一看，请他到白虎堂等候太尉。林冲不知是计，于是带着宝刀来到白虎堂。结果高俅以林冲拿刀到白虎堂是为了刺杀他为由，把他押入牢房，发配沧州。

绘 画 辅 导

1. 造型特点：描绘出林冲挣扎的动作、愤怒的表情和高俅阴险的面孔。
2. 涂色提示：从暗部开始上色，画面要干净整洁。
3. 课后作业：画一种你喜欢的小动物。

倒拔垂杨柳

　　鲁智深在五台山因为酒后闹事被智真长老推荐到汴京大相国寺。智清长老吩咐他去管理菜园。可是他遇见一群流氓无赖。这些人本来想戏耍鲁智深，没想到有两个人被鲁智深踢下粪池。这群无赖看惹不起鲁智深，第二天凑了钱，买酒买肉，请智深吃饭。酒吃到一半，听到门外乌鸦哇哇地叫，智深乘着酒意，把一颗绿杨柳连根拔起。

绘画辅导

1. **造型特点**：鲁智深怒气冲冲的面部表情和远处流氓无赖惊讶的面部表情形成对比。
2. **涂色提示**：着重刻画鲁智深身上的色彩变化，其他人物可以简单一些。
3. **课后作业**：小朋友，你的房间时什么样子的？画出来给大家看看吧！

 # 杜迁

人物介绍

　　杜迁是梁山泊的元老，因为他的手臂特别长，所以绰号叫"摸着天"。他开始时同王伦、宋万一起占山为王，本事平平，武艺一般。王伦被杀后，杜迁在晁盖手下担任头目，被封为步军将校第十一名，在梁山排第八十三条好汉。　征讨方腊时，杜迁在军队之中被乱箭射倒在马下，被马踏死，是最后一个战死的梁山好汉。

涂色步骤：

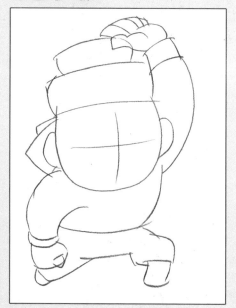

①用铅笔画弧线，先确定出杜迁在画纸上的位置。

②具体描绘出杜迁的五官、服饰和背景。

③用橡皮把铅笔线擦淡，用各种颜色的油画棒描彩线。

④用橘黄、橘红、草绿、天蓝和中黄等油画棒为人物着色。

⑤涂画出人物面部和身上的暗面，增强立体感。

⑥挑选深蓝、浅蓝、柠檬黄和草绿等颜色填涂背景。

 # 杨志

人物介绍

　　杨志在梁山好汉中排名第十七位，江湖人称"青面兽"。因为一方面他武艺高强，一般人不是他的对手；另一方面，他的脸左侧上下眼睑、颧部有一巴掌大小的褐色色素沉着斑，所以人们称他为青面兽。他是杨老令公的后代，本来是殿帅府制使，因押送花石纲时在黄河里翻了船，畏罪逃避。他与林冲不打不相识，几经周折，最后也上了梁山。

涂色步骤：

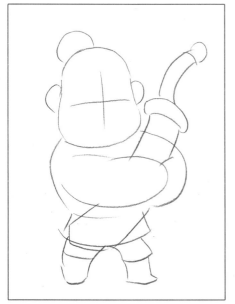

①仔细观察杨志的动作，轻轻地勾勒出他的外形。

②画出杨志的面部和服饰上的特征，并描绘出背景。

③用不同颜色的油画棒仔细勾画主体人物和背景。

④确定画面大体色调，为主体物薄涂一层颜色。

⑤深入刻画杨志的面部、服饰和兵器上的细节。

⑥着重描绘周围的景物，注意背景与主体物颜色的协调。

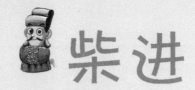 # 柴进

柴进在梁山泊英雄中排行第十，是大周皇帝周世宗柴荣的后代。他爱结交江湖好汉，在江湖上有"小旋风"的美称。在上梁山前，已与许多梁山好汉是朋友，后来因为殷天锡强占了他叔父柴皇城的花园，他与李逵一起去高唐州看望叔父。李逵一怒之下打死了殷天锡并逃回梁山，柴进被控指使李逵打死殷天锡，被打入死囚牢。李逵从梁山搬救兵救出柴进，柴进也上山落草。

涂色步骤：

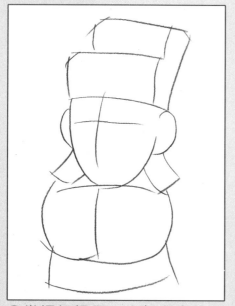

①掌握好帽子、头部和身体的比例，勾勒柴进的基本外形。

②用流畅肯定的线条勾勒出柴进和背景的具体轮廓。

③挑选鲜艳的颜色描绘彩线，使轮廓更加清晰。

④用浅蓝、深蓝、肉色、粉红和浅灰等颜色确定大体色调。

⑤画出帽子、面部和服饰上的过渡，用柠檬黄铺出地面。

⑥描绘出柠檬黄为主色调的背景，以衬托人物。

 # 宋万

人物介绍

　　宋万是梁山泊的元老，因为他长得高大威猛，所以人称"云里金刚"。他早先和王伦、杜迁占梁山为王，武艺平常。王伦被林冲杀后，宋万仍留在梁山，被封为步军将校第十名，是梁山第八十二条好汉。随宋江征讨方腊时，宋万在宋江智取润州城一役中，于乱军中被箭射死，是梁山第一位战死的好汉。

涂色步骤：

①掌握好宋万的动势，简单概括出他的外形。

②进一步描绘出主体物的面部特征和他身后的背景。

③挑选鲜艳明亮的油画棒为画面勾勒彩色线条。

④用平涂法为主体物涂色，可以有简单的深浅变化。

⑤完善对主体物细节上的刻画，并用柠檬黄薄涂地面。

⑥发挥你的想象力，画出云朵的渐变和地面的纹理。

林冲逼上梁山

　　林冲被高俅陷害发配到了沧州牢城营后，因柴进的关系，让他看守天王堂。高俅又派陆谦等人来害他，派他看守草料场。因外出打酒，林冲又躲过一劫，草料场却被烧毁。林冲在山神庙杀了差拨、陆谦、富安，为自己报了仇。由柴进推荐，他冒着风雪上了梁山。

绘画辅导

1. **造型特点**：着重描绘一下林冲的面部表情和服饰上的特征，远处的景物可以简单一些，使画面有主次之分。
2. **涂色提示**：把握好画面的整体色调，背景和人物的服饰要有冷暖对比。
3. **课后作业**：以"城市风景"为题材画一幅作品。

杨志卖刀

　　杨志一心想到东京找个官做，在东京花光了身上的钱，只好去卖祖传的宝刀。他与泼皮牛二发生争吵，不得已杀了牛二，被发配到大名府充军。

绘 画 辅 导

1. **造型特点**：主体人物杨志和牛二位于画面中心，描绘其他人物和背景是为了更好地衬托出主体人物，所以主题人物描绘得要生动一些，而背景要概括一些。

2. **涂色提示**：要描绘出杨志青面的面部特征。

3. **课后作业**：画出几种古代的兵器。

白胜

人物介绍

　　白胜是黄泥冈东十里路安乐村的一个壮汉。晁盖等人智取生辰纲时，先是在白胜家住下。白胜把掺入蒙汗药的药酒卖给押运生辰纲的官兵，将这十五个官兵麻翻，然后把十一担生辰纲全部抢走。后来，白胜被抓捕，熬不过苦刑供出了晁盖。梁山好汉救出白胜，做了军中走报机密的步军头领第四名，在梁山英雄中排行第一百零六位。

涂色步骤：

①仔细观察白胜的动作，勾勒出他的姿势。

②具体描绘出白胜的特征，以及周围的景物。

③挑选不同颜色的油画棒勾画整个画面。

④用肉色、柠檬黄、粉红和浅蓝等颜色为白胜着色。

⑤通过颜色的深浅过渡来表现出人物的立体感。

⑥检查画面，进一步涂色，完善细节。

晁盖

　　托塔天王晁盖，山东郓城县东溪村人，在当地比较富有，爱结交天下好汉，闻名江湖。喜欢刺枪使棒，身强力壮，终日打熬筋骨。传说邻村西溪村闹鬼，村人凿了一个青石宝塔镇在溪边，鬼就被赶到了东溪村。晁盖大怒，就去西溪村独自将青石宝塔夺了过来在东溪边放下。后来人们称他为"托塔天王"。

涂色步骤：

①首先，用线条概括出晁盖的大体轮廓。

②描绘一下晁盖的面部特征，和周围景物的外形。

③确定画面色调，用各种你喜欢的油画棒勾勒彩线。

④用冷暖结合的方式轻轻地为晁盖涂色。

⑤深入刻画晁盖面部与服饰上的细节，并用柠檬黄填涂地面。

⑥挑选草绿和深绿等颜色描绘背景，以衬托主体人物。

刘唐

人物介绍

　　刘唐，梁山英雄第二十一名，排步军头领第三位，使一把朴刀。梁中书为他的丈人蔡京祝寿，要送价值十万贯的生辰纲到东京，消息被江湖好汉赤发鬼刘唐知道后，他找到托塔天王晁盖一起谋划劫生辰纲，终于干出了一番惊天动地的大事。不料白胜被捕，供出了晁盖。宋江走漏消息给晁盖。晁盖、吴用、公孙胜、刘唐和阮氏三兄弟打败追捕的官兵，上了梁山。后来，刘唐在宋江征讨方腊时在攻打杭州的战斗中阵亡。

涂色步骤：

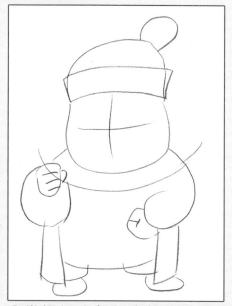

①掌握好头部与身体的比例，勾勒出刘唐形体和动作。

②进一步画出刘唐的面部特征与他手中的兵器。

③用流畅的线条将铅笔稿勾成彩色轮廓。

④确定画面基本色调，为人物薄涂一层颜色。

⑤挑选浅绿和黑色等油画棒描绘出人物颜色的深浅变化。

⑥整体调整画面，用点彩法表现背景，丰富画面。

吴用

吴用，表字学究，道号加亮先生。他使用两条铜链，生得眉清目秀，面白须长。平生机巧聪明，曾读万卷经书，足智多谋，江湖人称他"智多星"。吴用为晁盖献计，智取生辰纲，用蒙汗药酒麻倒了青面兽杨志，夺了北京大名府梁中书送给蔡太师庆贺生辰的十万贯金银珠宝。

涂色步骤：

①用铅笔轻轻地勾画出吴用的大体轮廓。

②具体描绘出吴用的五官和服饰上的细节。

③在铅笔稿的基础上，为画面勾勒出彩色线条。

④用浅蓝、普蓝、浅绿和柠檬黄等颜色为人物着色。

⑤用深颜色进一步加深画面，增强人物立体感。

⑥背景可以采用暖色涂，这样可以更好地衬托出冷色的人物。

智取生辰纲

朝中的奸臣太师蔡京过生日，他的女婿东京留守梁中书，要将十万贯金珠宝贝玩器送到东京祝寿。他们的钱财多是搜刮老百姓来的，而老百姓却过着穷困潦倒、缺衣少食的日子。晁盖和众位好汉用蒙汗药麻倒了押送"生辰纲"的杨志和军士，夺取了这一不义之财。

绘 画 辅 导

1. **造型特点**：画面中人物比较多，要有主次关系。根据透视原理，近处人物画得大一些，远处人物画得要小。

2. **涂色提示**：涂色时人物与地面颜色要有差异，使主体物从画面中凸显出来。

3. **课后作业**：随意创作一幅你喜欢的作品吧！

仗义救晁盖

　　晁盖等人劫夺"生辰纲"后被官府通缉，宋江不顾自身安危，瞒着州府派来督捕的官员，私下给晁盖报信，使晁盖等人得以脱身而去。

绘 画 辅 导

1．**造型特点**：主体人物晁盖位于画面中心，他的比例要稍微大一些，使画面有主次之分，小朋友们要画出画面中三个人不同的动作与穿着打扮。

2．**涂色提示**：把握好画面的整体色调，给人物眼睛着色时要仔细些。

3．**课后作业**：晁盖在上了梁山之后做了哪些事情？请小朋友们凭想象描绘出来。

朱贵

人物介绍

朱贵是梁山第九十二条好汉。林冲上梁山时，在梁山脚下一酒店里遇到朱贵。朱贵是梁山王伦手下的耳目，江湖人都叫他"旱地忽律"。朱贵以开酒店为名，专门探听往来客商的消息。有人要上梁山的话，朱贵就向湖对面的港湾里射一支响箭，对面便摇出一艘快船过来。

涂色步骤：

①掌握好人物的角度和动作，轻轻地勾勒出铅笔稿。

②进一步用流畅肯定的线条描绘具体轮廓。

③确定画面色调，用各种你喜欢的油画棒勾勒彩线。

④用浅蓝、橄榄绿、柠檬黄和橘黄等颜色为朱贵涂色。

⑤画出人物身上颜色的过渡，增加明暗对比。

⑥用点彩法装饰天空，用柠檬黄和草绿等颜色涂山和草地。

 雷横

人物介绍

　　雷横是梁山第二十五条好汉，步军头领第四位，外号"插翅虎"。原是郓城县步兵都头，打铁出身，学了一身好武艺。宋江杀阎婆惜后，他奉命追捕，和马兵都头朱仝一起放了宋江。后来因为他的母亲遭白秀英侮辱，一气之下，用枷板打死了白秀英，雷横被打入死牢，后被朱仝放走，投奔了梁山。

涂色步骤：

①仔细观察雷横的动作，概括出他的动势。

②描绘一下雷横的面部和服饰上的特征，以及远处的景物。

③挑选颜色鲜艳的油画棒勾勒彩色线条。

④用浅灰、肉色、紫罗兰和浅蓝等油画棒大面积涂色。

⑤深入刻画雷横的形象，用中黄平涂地面。

⑥描绘出蓝色的天空和绿色的草地，增加画面的空间感。

公孙胜

　　公孙胜是河北蓟州人，外号"入云龙"。梁山人马攻打高唐州时，高廉手下有三百飞天神兵，高廉会用妖法，使宋江折兵损将。吴用让宋江请公孙胜来破高廉。公孙胜是罗真人的大徒弟，名叫清道人。他与高廉斗法，大获全胜。高廉驾起一片黑云想逃走，被公孙胜用法术从云中打落后被杀死。

涂色步骤：

①抓住公孙胜的形态特征，画出他的动势。

②具体描绘出公孙胜的面部表情和他手中的兵器。

③选用你喜欢的颜色，将铅笔稿勾成彩线。

④简单地为人物涂一遍色，确定画面的大体色调。

⑤用黑色描绘毛发和服饰的边缘，并表现出画面的渐变效果。

⑥着重刻画背景的云层，为画面营造神秘的气氛。

30

阮氏三雄

人物介绍

　　阮氏三雄是指：阮小二，绰号"立地太岁"；阮小五，绰号"短命二郎"；阮小七，绰号"活阎罗"。阮氏三兄弟是住在石碣湖畔的渔民，个个武艺出众，敢赴汤蹈火。他们和年迈多病的母亲一起相依为命，过着贫寒的日子。后来，阮氏兄弟会同当地豪杰晁盖、吴用等人劫富救贫，智取了梁中书派人送给京城蔡太师的"生辰纲"。

涂色步骤：

①确定好阮氏三兄弟的位置，勾勒出他们的造型。

②仔细描绘出三个人物的结构，注意他们之间的遮挡关系。

③确定画面色调，用各种你喜欢的油画棒勾勒彩线。

④用浅灰、草绿、中黄、朱红和肉色等油画棒为人物涂色。

⑤深入刻画作品，让结构更加清晰。

⑥用普蓝和浅蓝做渐变表现天空，并画出地面的纹理。

阮氏兄弟擒何涛

　　住在石碣湖畔的渔民阮氏三兄弟和晁盖等人劫了生辰纲后，济州知府派何涛领五百官兵，奔石碣村来捉拿阮氏兄弟等人。阮氏兄弟把官兵引到芦苇荡中，利用火攻，尽歼官兵，并活捉了何涛。

绘 画 辅 导

1．**造型特点**：表现出阮氏兄弟的威风凛凛和何涛狼狈的样子，何涛的口水可以夸张地画大一些，以增添画面的趣味性。

2．**涂色提示**：用冷色系的油画棒给河水涂色，画面整体的色彩要协调统一。

3．**课后作业**：画一幅图表现荷塘景色。

林冲斩王伦

　　林冲被迫投奔梁山农民起义军，一直得不到白衣秀士王伦的重用。晁盖、吴用劫了生辰纲上梁山后，王伦不容这些英雄，林冲一气之下杀了王伦，把晁盖推上了梁山泊首领之位。

绘 画 辅 导

1. 造型特点：特写主体人物林冲和王伦，并夸张他们的面部表情，描绘的线条要轻松流畅。
2. 涂色提示：画出人物身上的色彩变化，使人物更有立体感。
3. 课后作业：画一种你喜欢的动物。

张青与孙二娘

　　菜园子张青和妻子母夜叉孙二娘在十字坡开酒店，常用蒙汗药蒙翻过往行人。他们将行人杀死后，大块好肉当做黄牛肉卖，零碎小肉，做馅包馒头。后来张青投奔了梁山，张青排梁山好汉第一百零二位。母夜叉孙二娘也跟随张青上了梁山，主持梁山泊西山酒店，迎来送往，打探消息，是梁山第一百零三条好汉。他们夫妻二人后来在征讨方腊时战死。

涂色步骤：

①注意张青与孙二娘的遮挡关系，勾勒出他们的外形。

②进一步描绘出人物的面部表情，并用长线画地面。

③用浅蓝、大红、紫色和黑色等油画棒画彩线。

④用冷暖对比强烈的浅蓝和橘红等颜色分别为人物着色。

⑤画出人物面部和服饰上的细节变化，塑造立体感。

⑥发挥你的想象力，装饰一下背景吧！

34

宋江

人物介绍

　　宋江，身材矮小，面目黝黑。原为山东郓城县押司，平素为人仗义，挥金如土，好结交朋友，人称"及时雨"和"孝义黑三郎"。晁盖等七个好汉智取生辰纲的事发生后，被官府缉拿，宋江私下给晁盖报信，使晁盖等人得以脱身而去。后来，宋江做了梁山泊的首领。

涂色步骤：

①用流畅的弧线简单地描绘出宋江的动作。

②仔细描绘宋江的帽子、五官和服饰等细节，并画出背景。

③挑选颜色鲜艳的油画棒勾勒彩线。

④用深红、大红和肉色等油画棒确定画面的大体色调。

⑤挑选橘黄等颜色画出宋江服饰上的渐变，并给背景涂色。

⑥完善对人物和背景的刻画，勾勒深色线条。

 # 武松

　　武松在家中排行第二，江湖上人称武二郎。在景阳冈武松借着酒劲打死老虎，威震天下，做了阳谷县步兵都头。哥哥武大郎被奸夫淫妇潘金莲和西门庆毒害。武松杀了他们替哥哥报仇，然后投案自首，被发配孟州牢城。在孟州，武松遭到蒋门神和张团练的暗算，被迫大开杀戒，然后逃亡。在逃亡过程中，得到张青、孙二娘夫妇的帮助，假扮成带发修行的"行者"。武松投奔二龙山后成为主要头领之一，最后，三山打青州时归顺梁山。

涂色步骤：

①掌握好武松的动势，概括出他的基本轮廓。

②进一步用流畅肯定的线条勾勒具体轮廓。

③确定画面色调，用各种你喜欢的油画棒勾勒彩线。

④用柠檬黄、橘红和肉色等油画棒为人物涂色。

⑤深入刻画人物身上的色彩变化，塑造出武松的立体感。

⑥用浅蓝和草绿等颜色描绘背景，丰富画面效果。

朱仝

朱仝在梁山英雄中位列第十二名。他原是郓城县巡捕马兵都头，人称"美髯公"，有一身好武艺。朱仝为人性情温和，宋江杀了阎婆惜后被朱仝、雷横放走。雷横用枷板打死白秀英被捉，朱仝在去济州的路上放了雷横，因此被发配沧州。沧州知府见朱仝相貌非凡，就让朱仝带着四岁的小衙内玩。李逵杀了小衙内，断了朱仝的归路，朱仝最后被迫上了梁山。受招安后，被封为保定府都统制。

涂色步骤：

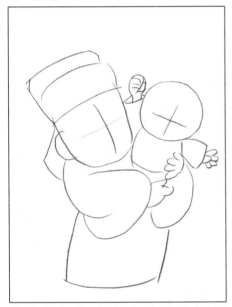

①掌握好朱仝和小孩的比例关系，概括出他们的外形。

②具体描绘出人物的具体结构和周围的景物。

③选取普蓝、天蓝、大红和草绿等颜色将铅笔稿勾勒成彩线。

④用平涂法为两个人物先着色。

⑤用深色画毛发和服饰的暗部，让人物变得更立体。

⑥刻画出绚丽的背景，使画面变得完整。

武松打虎

　　武松回家探望哥哥，途中路过景阳冈。武松进店饮酒，不信冈上有老虎，不听劝告，执意要过冈。武松上冈后，见了官府榜文，才知真的有虎，但决定继续往前走。武松在景阳冈上赤手空拳与猛虎搏斗，终于打死了老虎，从此武松威名大震。

绘画辅导

1. 造型特点：老虎被武松按倒在地，被打得龇牙咧嘴、满头是包。
2. 涂色提示：武松和老虎身上的颜色可以分别涂冷色和暖色，增加画面的冷暖对比。
3. 课后作业：画一只可爱的小猫。

醉打蒋门神

　　武松发配到孟州牢营后，管营施忠的儿子施恩和武松结拜为兄弟。施恩的酒店被恶霸蒋门神霸占了，武松知道后很生气，就酒后赶到快活林，叫来蒋门神，痛打了他一顿，帮施恩夺回了酒店。

绘 画 辅 导

1．造型特点：肥胖的蒋门神被武松打得鼻青脸肿、一脸痛苦的表情，武松灵巧的动作，使整个画面富有动感。

2．涂色提示：画面比较复杂，涂色时要分清人物的身体和衣服的结构线。

3．课后作业：画一个正在跑步的人。

花荣

花荣，梁山泊英雄中排行第九，他原来是清风寨的副知寨，使一杆长枪，箭术高超，有百步穿杨的功夫，人称"小李广"。清风寨正知寨刘高陷害宋江，花荣知道后造反，打败黄信、秦明，救了宋江。花荣多次依靠高超的箭术建立奇功。宋江三打祝家庄，花荣射落祝家庄的指挥灯，使祝家庄兵马自乱。受招安后，花荣被封为应天府兵马统制。

涂色步骤：

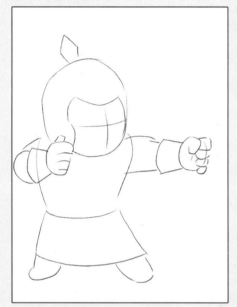

①仔细观察花荣的造型，勾勒出他的动势。

②用流畅肯定的线条描绘头部、身体和弓箭的具体轮廓。

③确定画面色调，用合适的颜色勾勒出彩线。

④挑选柠檬黄、草绿和紫罗兰大体涂一遍颜色。

⑤用橘黄、橘红、黑色和紫罗兰等颜色涂面部和服饰上的渐变。

⑥画出远处的山脉、大雁和近处的地面，使画面生动起来。

李立

　　李立外号是"催命判官"，他是李俊的弟弟，浔阳江边揭阳岭人，专在浔阳江上为私商提供食宿、运输。李立开酒店时也常用蒙汗药将客人麻倒，谋财害命。要不是李俊及时赶到，宋江也差点遭李立毒手。李立上了梁山以后，负责开设北山酒店，迎来送往，打探消息，在梁山好汉中排第九十六名。

涂色步骤：

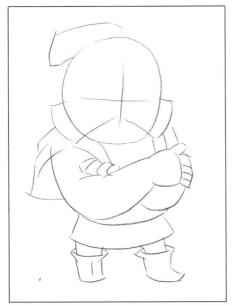

①用简练的线条概括出李立抱着双臂的基本动作。

②进一步描绘出李立的面部特征和他身后的酒坛。

③用各种颜色鲜艳的油画棒为画面勾勒彩色线条。

④挑选浅灰、紫罗兰、肉色、柠檬黄、草绿和大红油画棒涂色。

⑤深入刻画李立身上的细节，用黑色画眉毛、眼睛和胡须。

⑥用各种方式装饰背景，丰富画面效果。

燕顺

人物介绍

　　燕顺在梁山好汉中排第五十位。宋江与武松在瑞龙镇分手后，来到清风山，被一条绊脚索绊倒，被押上清风山，"锦毛虎"燕顺、"矮脚虎"王英、"白面郎君"郑天寿要杀宋江。宋江不禁仰天长叹，报出姓名，燕顺听见"宋江"两字，便跪地拜见宋江。后来，宋江又被清风寨刘高捉住，花荣、燕顺等人救了宋江。

涂色步骤：

①采用简单概括的手法勾勒出燕顺的动势。

②具体描绘一下五官和服饰上的细节，以及他身后的景物。

③用冷暖对比强烈的大红和草绿等颜色画彩线。

④挑选各种你喜欢的油画棒为燕顺涂色。

⑤灵活运用各种涂色方法，将人物塑造出立体感。

⑥画出蓝天、白云和地面上的石头、植物等细节部分。

 **秦明**

人物介绍

　　秦明在梁山泊英雄中排第七，上梁山前是青州指挥司兵马总管兼本州统制，祖上是军官出身，他善长使一条狼牙棒，有万夫不当之勇。因为他性格暴躁，声若雷霆，因此众人都称呼他为"霹雳火"。梁山归顺朝廷后，秦明跟随宋江出征大辽，扫平田虎，剿灭王庆，凭手中狼牙棒，战场交锋，屡立战功。

涂色步骤：

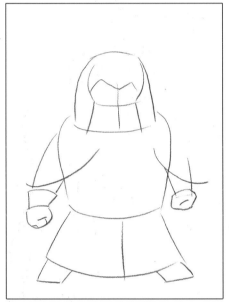

①用铅笔轻轻地确定出秦明在画纸上的位置。

②用流畅的线条深入刻画秦明的脸部和铠甲的结构。

③用油画棒将铅笔稿勾勒成彩线，让轮廓更加清晰。

④挑选柠檬黄、草绿、浅灰等颜色确定画面大体色调。

⑤仔细描绘五官和服饰上的色彩变化，要有威风凛凛的感觉。

⑥用点彩法装饰背景，以衬托主体人物。

花荣射雁

到了梁山以后，晁盖不相信花荣的武艺。这时候正好天边飞过一群大雁，花荣对众人说要射中第三只大雁的脑袋。说完就拉弓射箭，果然第三只雁落了下来，拾起来一看，正射到了头上。众位梁山好汉这才信服花荣的武艺，称他为"神臂将军"。

绘画辅导

1. **造型特点**：掌握画面的构图，花荣和晁盖的角度是仰视。空中的大雁离得比较远，可以只勾勒出大体外形，不用画细节。
2. **涂色提示**：用渐变的方式画出阳光和人物身上的色彩变化。
3. **课后作业**：观察弓箭的结构，然后画一副弓箭。

花荣战秦明

　　宋江去清风寨投靠花荣时，被清风寨文官刘高陷害，宋江与花荣被黄信捉拿押往青州，又被清风山好汉燕顺截住相救。青州指挥司统领本州兵马，统制秦明得知花荣谋反，点齐百人马前去捉拿。秦明同花荣斗了四五十个回合，最后设计将秦明捉住。

绘 画 辅 导

1. **造型特点**：画面表现的两个人物正骑着马作战，注意马奔跑时的动态结构。
2. **涂色提示**：地面、马和人物的颜色要有区别。
3. **课后作业**：画一幅奔马图。

张横

张横在梁山好汉中排第二十八位。张横本是浔阳江上的好汉，专干船上劫财的勾当，绰号"船火儿"。宋江被发配江州，浔阳江上因被穆弘兄弟所追，逃上张横的船，没想到误上贼船，险些被张横害死，幸亏混江龙李俊救了他。张横认识了宋江等一批好汉，与弟弟张顺投靠了梁山，随梁山义军四方征战，在水中大显英雄本色。

涂色步骤：

①掌握好张衡与酒坛的比例关系，勾勒出他喝酒的动势。

②进一步用流畅肯定的线条勾勒细节轮廓。

③用大红、普蓝和柠檬黄等颜色为主体物和背景描画彩线。

④用朱红、浅蓝和浅灰等颜色平涂张衡和酒坛。

⑤塑造出张衡与酒坛的立体感，并用中黄平涂地面。

⑥用深蓝、柠檬换等颜色填涂背景，表现夜空的效果。

李逵

　　李逵长相黝黑粗鲁，小名铁牛，李逵使用的兵器是一对板斧，江湖人称"黑旋风"，排梁山英雄第二十二位。他为人心粗胆大、率直忠诚、仗义疏财。李逵具有农民的淳朴、粗豪的品质，反抗性很强，对正义事业和朋友很忠诚，但性情急躁，是刚直、勇猛而又鲁莽的人物典型，元代以来民间有许多关于他的故事。

涂色步骤：

①掌握好李逵的动势，用铅笔轻轻地勾勒出他的外形。

②描绘出李逵夸张的面部表情和手中的兵器。

③在铅笔稿的基础上，用油画棒勾勒彩线。

④将李逵的身体、服饰和他手中的兵器大体地涂色。

⑤深入涂色，使人物的形象生动起来。

⑥用点彩法表现太阳的光芒，并涂画绿色的草地。

张顺

人物介绍

张顺在梁山英雄中排第三十位。他皮肤白皙，有一身好水功，可以在水底伏七天七夜，穿梭水面快速无比，所以人称"浪里白跳"，是梁山中水性最好的，和李逵并称"黑白水陆双煞"。他曾率水鬼营凿沉高俅的海鳅大战船并活捉高俅，威镇天下。

涂色步骤：

①确定张顺在画面中的位置，用简练的线条概括出外形。

②描绘人物细节，并画出他身后的景物。

③用合适的颜色勾画彩线，使画面轮廓更加突出。

④用柠檬黄、肉色和草绿等颜色给人物薄涂颜色。

⑤深入刻画人物和背景，让人物变得清晰。

⑥着重描绘天空和地面，增加画面的空间感。

童威童猛

　　童威、童猛是两兄弟，他们是浔阳江边人，在江上贩私盐，住在混江龙李俊家里。哥哥童威在大江中能沈水、会驾船，江湖上的人称他为"出洞蛟"，是梁山第六十八条好汉。弟弟童猛水性特别好，人们称他"翻江蜃"，是梁山第六十九条好汉。兄弟两个最后都上了梁山。

涂色步骤：

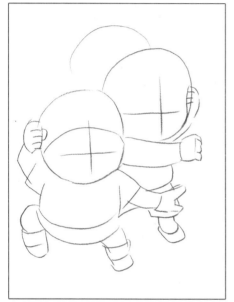

①掌握好童威童猛的比例和动态，勾勒出他们的基本形。

②描绘出人物和船，要注意人物的前后遮挡关系。

③将铅笔稿勾成彩线，使轮廓鲜明突出。

④用玫瑰红、橘红、肉色和柠檬黄等油画棒给画面大体涂色。

⑤深入刻画人物身上的色彩变化，用柠檬黄为船涂色。

⑥挑选各种蓝色表现出河水，并描绘出船上的木头纹理。

宋江配江州

晁盖等人上梁山后，派刘唐送来书信和黄金酬谢。宋江的老婆阎婆惜知道宋江和梁山的人有来往，于是威胁要举报。被逼无奈，宋江怒杀阎婆惜，然后，宋江被发配江州。

绘画辅导

1. **造型特点**：古代的刑枷是方形的，掌握好宋江身上的刑枷和他身体的比例关系。远处的两个人画得小些，显得有空间感。

2. **涂色提示**：刘唐的外号叫赤发鬼，所以要把刘唐身上的毛发都涂成红色。

3. **课后作业**：鸟的种类有很多种，你知道哪些呢？把你想到的画出来吧！

宋江遇好汉

宋江被发配到江州，吴用写信让江州的两院押牢节级戴宗照应。李逵这时正是戴宗手下做看守的一名小兵，就和宋江认识。宋江、戴宗和李逵在一起吃酒时，宋江因说想吃鲜鱼，李逵就自告奋勇，到江边去取，结果遇见张顺，二人就争斗起来。不打不相识，他们成了好朋友。

绘画辅导

1. **造型特点:** 主体人物张顺和李逵位于画面中心，比例要比其他人大一些，这样才能突出主体。

2. **涂色提示:** 主体人物的颜色要鲜亮，这样可以使他们从画面中凸显出来。

3. **课后作业:** 以"未来世界"为主题画一幅作品！

张清

人物介绍

　　张清是梁山泊第十六条好汉。他善长用飞石打人，百发百中，人称"没羽箭"。张清用飞石先后打伤金枪手徐宁、锦毛虎燕顺、百胜将韩滔、天目将彭玘、双鞭呼延灼、赤发鬼刘唐、青面兽杨志、美髯公朱仝、插翅虎雷横、大刀关胜等十五员战将。后来张清被吴用用计逼入水中，被水军头领阮氏三兄弟捉住，最后也归顺了梁山。

涂色步骤：

①用铅笔轻轻地勾勒出张清的动势和兵器。

②进一步用流畅肯定的线条描绘具体轮廓。

③确定画面色调，用各种你喜欢的油画棒勾勒彩线。

④为人物大体涂一遍颜色，高光处可以留白。

⑤画出人物的暗部，并用柠檬黄填涂月亮。

⑥给月亮和天空着色，表现出夜晚的氛围。

郭盛

人物介绍

郭盛的外号是"赛仁贵"，是梁山第五十五条好汉。吕方对影山落草为寇，郭盛要来夺山寨，两人就在山下打了起来。二人的兵器搅缠在一起，幸好被花荣一箭射开，郭盛和吕方一同归顺了梁山。征讨方腊时在攻打乌龙岭的时候，郭盛被山上飞下的巨大石头连人带马砸死。

涂色步骤：

①构想好人物的动作，轻轻地勾勒出他的轮廓。

②具体描绘一下主体物的面部表情和服饰细节。

③挑选你认为合适的颜色为画面勾画彩色线条。

④用浅灰、肉色、柠檬黄、橘黄、玫瑰红等油画棒为人物涂色。

⑤深入描绘人物面部与服饰的颜色变化，给竹排薄涂颜色。

⑥用草绿画出竹排的立体感，再用点彩法画背景。

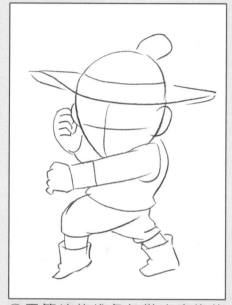

李俊

人 物 介 绍

　　李俊是梁山第二十六条好汉。他一身水中好功夫，人们称他"混江龙"。李俊原来是揭阳岭人，浔阳江上的好汉。宋江被发配江州，在催命判官李立的店中喝酒时被麻倒，幸亏李俊相救。后来，宋江又被穆弘兄弟追杀，宋江逃到江上，又被"船火儿"张横江中抢劫财物，危急时刻，又是李俊赶来相救。

涂色步骤：

①用简练的线条勾勒出李俊的大体轮廓。

②深入刻画李俊的面部表情、身体结构、小船和草。

③用各种鲜艳的油画棒将铅笔稿勾成彩线。

④确定画面色调，整体地薄涂一遍颜色。

⑤完善对人物颜色的刻画，塑造出人物的立体感。

⑥完善背景颜色，注意人物与背景的色彩要拉开层次。

 吕方

人物介绍

　　吕方是梁山第五十四条好汉。花荣等人在清风山救了宋江后，他们一起走到了对影山，看见两个少年壮士，都手拿方天画戟，一队人马穿红衣，另一队人马穿白衣，在路边打了起来。花荣就拉弓放箭，把两人搅缠在一起的兵器射开了。穿红衣的叫"小温侯"吕方，穿白的叫"赛仁贵"郭盛。吕方、郭盛武艺不相上下，最后，他们一起归顺了梁山泊。

涂色步骤：

①把握好吕方的动势，简单概括出他的基本外形。

②用流畅肯定的线条描绘人物头部、身体和服饰细节。

③挑选不同颜色的油画棒勾画整个画面。

④用各种颜色的油画棒先给人物薄涂颜色。

⑤画出人物身体的暗部，并用黑色画眼眉和头发。

⑥为画面填涂背景，使画面更加完整。

真假黑旋风

　　李逵回家看望母亲，途中路过一片树林。在树林里，李逵遇到了一个冒充自己的面黑如炭的大汉在拦路抢劫，李逵把他抓住。这个人谎称自己因老母饥饿才出此下策，李逵心软了，就放了他。后来李逵想在树林里想找地方吃饭，恰好遇到一户人家，没想到却是那冒充李逵的恶徒李鬼的家，他同老婆计划用蒙汗药麻翻李逵，恰好被李逵听见。李逵将李鬼杀死，并烧掉了贼窝。

绘 画 辅 导

1. **造型特点**：李逵长相黝黑粗鲁，留着络腮胡子，画时要抓住这些特征。
2. **涂色提示**：灵活运用油画棒的各种涂色技法为主体人物涂色，画面色调要鲜艳、明快。
3. **课后作业**：李逵还做过哪些行侠仗义的事？凭借你对故事的了解，描绘一下当时的场景。

李逵杀四虎

上梁山后，李逵十分想念老母亲，就回到了沂州接老母亲。此时，老母亲眼睛已经瞎了，在半路的山上被老虎吃掉。李逵愤怒万分，于是杀死了四只老虎。

绘画辅导

1. **造型特点**：画出李逵痛苦而又生气的面部表情，旁边一只老虎跳到空中，另一只被打得趴在地上，要把握好老虎的动态结构。

2. **涂色提示**：老虎身上的花纹要以柠檬黄和黑色为主来涂色。

3. **课后作业**：森林里常见的动物有哪些？请画出来。

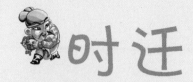 # 时迁

人物介绍

　　时迁是梁山第一百零七条好汉。他能攀高走壁，盗墓做贼，江湖上人称"鼓上蚤"。时迁、杨雄和石秀一起去梁山入伙，在途中他们夜宿祝家庄。时迁因为偷吃了祝家庄酒店的公鸡，被祝家庄人马捉去，这才引出梁山好汉三打祝家庄。时迁上梁山后，被派去东京盗了徐宁的宝甲，和汤隆一起将徐宁骗上梁山，立了功劳。

涂色步骤：

①仔细观察时迁的动作，用铅笔勾勒出他和鸡的轮廓。

②描绘出时迁贼眉鼠眼的面部特征，以及他身后的景物。

③用颜色鲜艳的油画棒为画面勾画彩色线条。

④挑选草绿、肉色、柠檬黄和浅灰等颜色的油画棒涂色。

⑤用渐变法表现出主体人物身上颜色的过渡。

⑥画出冷色系的夜空和暖色系的地面，增强冷暖对比。

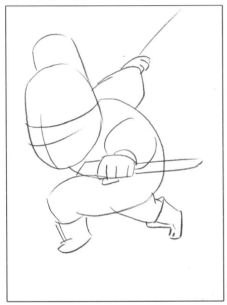

杨雄

人物介绍

　　杨雄是梁山第三十二条好汉。杨雄原来是蓟州押狱兼行刑剑子手，外号"病关索"。杨雄的妻子潘巧云与和尚裴如海有奸情，结义兄弟石秀将此事告诉了杨雄，潘巧云却反咬石秀一口，结果石秀被杨雄赶出了家门。石秀暗中在杨雄家门口埋伏，杀了裴如海和庙里的头陀胡道。杨雄后悔不该错怪了石秀，杀了淫妇潘巧云和丫鬟迎儿，和石秀一起投奔了梁山。

涂色步骤：

①找出杨雄在画面中的位置，简单概括出他的动势。

②进一步用流畅肯定的线条勾勒具体轮廓。

③确定画面色调，用各种你喜欢的油画棒勾勒彩线。

④挑选柠檬黄、浅蓝和粉红等油画棒为人物涂色。

⑤为人物画出暗部的颜色，让人物显得有层次。

⑥用点彩法丰富背景，并画出地面上的景物。

扈三娘与王英

　　扈三娘是梁山第一女将，武艺高强，她的兵器是双刀，还有用绳套的绝技，阵前用绳套捉人十分厉害，绰号是"一丈青"。宋江攻打祝家庄时，扈三娘首战便捉了"矮脚虎"王英。扈三娘后被林冲所捉，由宋江主婚与王英成了夫妻，共同负责梁山三军的后勤保障。扈三娘在梁山排第五十九位。

涂色步骤：

①掌握好主体人物之间的比例，粗略地勾勒出他们的轮廓。

②描绘出两个人物的面部表情，并画出他们之间的遮挡关系。

③挑选各种颜色鲜艳的油画棒为画面勾画彩线。

④确定画面大体色调，为人物薄涂一层颜色。

⑤用颜色的渐变来表现主体人物身上的立体感。

⑥画出绚丽的背景和深色的地面，丰富画面效果。

石秀

　　石秀在梁山好汉排第三十三位。他有一身好武艺，又爱打抱不平，外号"拼命三郎"。石秀家原来是金陵建康府（现南京市）的一个屠户，后来他跟随叔叔到北地倒卖马匹，不巧叔父中途病死，生意亏本，于是石秀就流落到了蓟州。石秀因打抱不平与杨雄结拜为兄弟。后来，石秀入伙梁山，成为梁山泊步军头领。

涂色步骤：

①用铅笔轻轻地确定出石秀在画纸上的位置。

②具体描绘出石秀的五官和动作，以及周围的景物。

③挑选你喜欢的颜色，为画面勾勒彩线。

④用玫瑰红、浅蓝和柠檬黄等颜色的油画棒薄涂人物。

⑤深入刻画人物的面部表情和身上的花纹等细节。

⑥用橘黄、柠檬黄、玫瑰红和浅蓝等颜色填涂背景。

豹子头活捉扈三娘

　　宋江率兵三打祝家庄时，矮脚虎王英一见扈三娘就动了心，便主动请缨去抓扈三娘，结果却反被扈三娘给抓走了。后来扈三娘单人独骑追赶宋江，这个时候林冲从斜刺里冲出来，几个回合就把扈三娘抓获了。

绘画辅导

1. **造型特点**：掌握好林冲和扈三娘以及两匹马的比例，表现出林冲威风凛凛和扈三娘狼狈的面部表情，以及两匹马的差别。
2. **涂色提示**：先确定画面的整体色调，再逐步深入地刻画主体人物的色彩变化。
3. **课后作业**：画一种交通工具。

石秀探路

　　宋江和梁山好汉领兵攻打祝家庄，石秀奉命扮作打柴人进祝家庄探路。石秀在祝家庄遇到好心的钟离老人，打听清楚了祝家庄的进出路径，为攻打祝家庄立下了功劳。

绘画辅导

1. **造型特点**：仔细地勾勒出主体人物石秀面部和服饰上的特征，其他的人物和景物可以简单概括出来，以衬托主体人物。
2. **涂色提示**：人物的面部和服饰要有深和浅的变化，高光处可以留白。
3. **课后作业**：以"秋天"为题材画一幅作品。

关胜

人物介绍

　　关胜是三国名将关羽的后代，使一把青龙偃月刀，精通兵法。关胜原来是蒲东的巡检，后来被蔡太师调往梁山泊攻打宋江。关胜一人大战林冲、秦明两人。宋江有心招降关胜，就让呼延灼用假投降的办法引关胜兵马进入宋江的大寨，被挠钩拖下马而活捉。关胜感到宋江有胆识重义气，便归顺了梁山。

涂色步骤：

①用简练的线条概括出关胜的大体轮廓。

②画出关胜的面部表情和长长的胡须，以及他身后的马。

③挑选你认为合适的颜色勾画彩色的线。

④确定画面大体色调，为关胜和马薄薄地涂一层颜色。

⑤画出暗部的颜色，塑造关胜和马的立体感。

⑥完善对背景的刻画，注意背景与人物和马的颜色要协调。

64

解珍解宝

　　解珍、解宝兄弟俩原来是登州的好汉，本州第一猎户。兄弟俩出成双，死成对，作战英勇。他们都使用浑铁点钢叉做兵器，有一身惊人的武艺。解珍的外号是"双头蛇"，排梁山好汉第三十四位；解宝的外号是"双尾蝎"，是梁山第三十五条好汉。后来，兄弟两人都投奔了梁山。

涂色步骤：

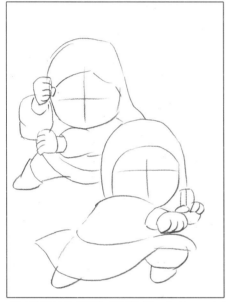

①掌握好解珍解宝的动势，勾勒出铅笔稿。

②进一步描绘出解珍解宝的面部和服饰特征。

③用肯定的线条勾勒出彩线，让轮廓更加清晰。

④挑选合适的油画棒先给人物平涂着色。

⑤深入涂色，使解珍解宝更加活泼、生动。

⑥用草绿铺出背景，并画出空中的云朵，让画面更加饱满。

徐宁

　　徐宁是梁山第十八条好汉。徐宁原来是京师金枪班的教头。宋江被呼延灼连环马打败后，愁眉不展，后来金钱豹子汤隆说徐宁的钩镰枪可以破连环马。于是，宋江就让吴用使用计策让时迁盗取徐宁祖传的雁翎甲，骗徐宁上了梁山。随后徐宁教梁山好汉使用钩镰枪大破呼延灼的连环马，立下了大功。

涂色步骤：

①用铅笔轻轻地确定出徐宁在画纸上的位置。

②进一步用流畅肯定的线条勾勒具体轮廓。

③确定画面色调，用各种你喜欢的油画棒勾勒彩线。

④用各种鲜艳的颜色为画面大体地涂色。

⑤画出人物身上颜色的深浅变化，盔甲要表现出金属光泽。

⑥添加细节部分，完善对背景的刻画。

李应

　　李应是梁山泊第十一位好汉，他同柴进一起掌管钱粮财。李应原来是李家庄的庄主，江湖人称"扑天雕"，使一条浑铁点钢枪，背后藏有五口飞刀，能够百步以内伤人。时迁偷吃了祝家庄酒店的公鸡，惹出事来，被祝家庄人马捉拿。杨雄、石秀求李应搭救时迁，祝家庄祝彪不给李应面子，李应和祝彪交战，被暗箭所伤。宋江攻下祝家庄，李应却不肯投奔梁山。后来，梁山好汉假扮知府捉拿李应上了梁山，李应最终答应入伙。

涂色步骤：

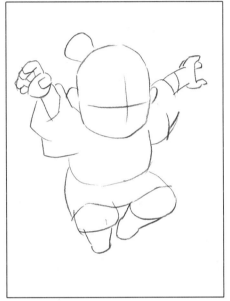

①采用简单概括的手法勾勒出李应的大体轮廓。

②掌握好人物的重心，描绘出他的表情和动势。

③在铅笔稿的基础上，为画面勾画彩线。

④挑选柠檬黄、浅灰等颜色的油画棒为人物涂色。

⑤用黑色、橘红和浅蓝等颜色描绘出服饰上的渐变效果。

⑥画出绚丽的背景和绿色的草地，完善画面。

攻打祝家庄

    时迁因为把祝家庄酒店里的一个报晓的公鸡给偷吃了，被祝家庄的人马给抓去了。宋江率领梁山好汉派兵三次攻打祝家庄，最终攻破了祝家庄，救出了时迁。

绘 画 辅 导

1. 造型特点：这是一张仰视图，主体人物宋江和他的马要表现出威风凛凛的样子，掌握好李逵与
              他手中兵器的比例关系。
2. 涂色提示：可以把油画棒的笔头削尖，来涂画面中的细节。
3. 课后作业：画一种你喜欢的植物。

高唐州斗法

宋江等梁山好汉攻打高唐州时，开始并不顺利，因为高廉会妖法，多次大败梁山兵马。宋江只得派人请公孙胜下山相助。公孙胜大破高廉的妖法，梁山人马最终攻破了高唐州。

绘画辅导

1. **造型特点**：主体人物公孙胜要位于画面的中心位置，比例也要稍微大一些，周围的人物和动物等要画得小一些。

2. **涂色提示**：为主人物着色时最好选用颜色鲜艳的油画棒，并用各种涂色技巧画出他身后的光。

3. **课后作业**：你一定有很多好朋友吧？请画出你和好朋友在一起快乐玩耍的情景。

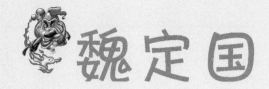

魏定国

　　魏定国是梁山第四十五条好汉。他原来是凌州团练使，精通火攻法，上阵时专用火器取人，人称"神火将军"。他与单廷珪一起奉旨攻打梁山，尚未出征，就被关胜围在凌州城里，后退无路，归顺了梁山。

涂色步骤：

①确定魏定国在画面中的位置，简单勾勒出他的动势。

②画出人物的五官和他手中的葫芦，以及周围的火。

③挑选你认为合适的颜色为画面描绘彩线。

④确定画面的大体色调，淡淡地着一遍颜色。

⑤画出魏定国、葫芦和火颜色的过渡，增强立体感。

⑥发挥你的想象力，装饰背景，让画面更加完整。

呼延灼

　　呼延灼是梁山泊第八条好汉，他使　双铜鞭，骑一匹踢雪乌骓马，武艺高强。宋江兵马杀了高俅的弟弟高廉后，高俅推举呼延灼做兵马指挥去攻打梁山泊。呼延灼用连环马连败宋江兵马。金钱豹子汤隆献计，用徐宁的钩镰枪可以破连环马。吴用派时迁去东京偷了徐宁的雁翎锁子甲，骗徐宁到了梁山。徐宁的钩镰枪果然破了呼延灼的连环马。后来，梁山泊人马用计把呼延灼骗到陷坑里活捉，呼延灼最终也归顺了梁山。

涂色步骤：

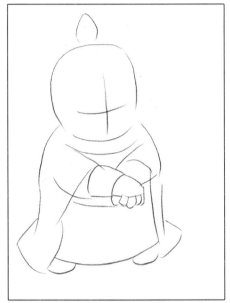

①用铅笔轻轻地勾勒出呼延灼在画纸上的位置。

②进一步用流畅肯定的线条勾勒具体轮廓。

③确定画面色调，用各种你喜欢的油画棒勾勒彩线。

④用浅绿、柠檬黄和玫瑰红等油画棒简单地涂一遍颜色。

⑤挑选朱红、深蓝和黑色等油画棒画出暗部。

⑥用你喜欢的颜色填涂背景。

蔡福

　　蔡福，北京人氏，原来是大名府两院押狱兼行刑刽子手，因杀人手段高强，人们称他"铁臂膊"，他和弟弟蔡庆都是干杀人行刑看牢子这一行的。梁山人马攻打大名府时，蔡福、蔡庆兄弟两个无路可走只好上了梁山，专管梁山杀人行刑的事情，排梁山好汉第九十四位。在征讨方腊时，蔡福阵亡。

涂色步骤：

①找出合适的位置，勾勒出蔡福的动作。

②具体描绘出蔡福的面部特征和他手中的兵器。

③以暖色系为主，用油画棒勾画彩色线条。

④确定画面大体色调，为人物淡淡地涂一层颜色。

⑤给人物画深颜色，表现出人物的立体感。

⑥用冷色系的背景来衬托暖色系的人物。

卢俊义

人 物 介 绍

　　卢俊义，北京城里的员外大户，绰号"玉麒麟"，一身好武艺，棍棒天下无双。他被梁山泊吴用用计骗到梁山，卢俊义与梁山英雄大战，不敌而逃，乘船逃走时被浪里白跳张顺活捉。卢俊义不愿落草为寇，在梁山待了几个月后又回到北京城，妻子贾氏却与管家李固做了夫妻。卢俊义同时也在被官兵捉拿，屈打成招，下了死牢。宋江率梁山泊英雄攻打北京城，救出卢俊义，杀了奸夫淫妇。卢俊义投奔梁山后，坐上了第二把交椅。

涂色步骤：

①掌握好卢俊义与马的比例，概括出他们的基本轮廓。

②进一步描绘出卢俊义与马的面体态特征。

③挑选颜色鲜艳的油画棒勾勒彩色线条。

④大面积地涂色，卢俊义与马的颜色要有冷暖对比。

⑤深入刻画人物的形象，并画出人物和马身上的色彩变化。

⑥挑选你认为合适的颜色描绘背景，让画面更具有完整性。

攻破连环甲马

　　宋江被呼延灼连环马打败后，吴用用计骗徐宁上了梁山。徐宁原来是宋朝禁军金枪班（枪队）的教头，也是唯一的一位钩镰枪的传人。梁山泊依靠汤隆制造的钩镰枪和徐宁训练出来的士兵，终于破了呼延灼的连环马阵，取得了胜利。

绘 画 辅 导

1. **造型特点**：在这幅画中的三个人物和三匹马都采用了俯视的角度，要表现出近大远小的透视关系和人物惊慌的面部表情。
2. **涂色提示**：画面中人物比较多且复杂，所以背景的颜色可以简单一些，以衬托主体人物。
3. **课后作业**：在攻破连环甲马时还有哪些精彩的场面？发挥你的想象力，将它们描绘出来。

李逵怒砍杏黄旗

李逵来到寿张县，将这里的县太爷的官衣穿在了自己身上。当李逵兴致勃勃地做着县太爷的时候，突然有一个老汉状告宋江，说宋江强抢他的女儿做压寨夫人。李逵一听就火冒三丈了，回到梁山将"替天行道"的大旗用板斧砍倒了，并且当众指着宋江的鼻子大骂。当宋江和李逵一同来到寿张县当堂对证，才搞清楚原来是有人冒充宋江为非作歹，李逵当时就傻眼了。

绘 画 辅 导

1. 造型特点：掌握好李逵与他手中斧子的比例，表现出他怒气冲冲的面部表情。

2. 涂色提示：主体人物李逵的颜色要鲜明，要表现出斧子坚硬的金属质感。

3. 课后作业：古代人物的服装是什么样子的，你能画出来吗？

面具制作

1. 准备一张卡纸，按照下面的图形在卡纸上用铅笔画出林冲的面部轮廓。
2. 用油画棒、水彩笔、水粉颜料等涂色工具给人物面部上颜色。
3. 用剪刀将所画的人物面具剪下来，再将眼珠部位镂空。
4. 在面具两侧打上孔，再穿上细绳。

林冲面具

用同样的方法再制作一个鲁智深面具，带上面具和你的好朋友一起表演《水浒》里的故事吧！

鲁智深面具

图书在版编目（CIP）数据

轻松涂画名著·水浒传 / 陶喆，周哲编绘. — 合肥：黄山书社，2010.6
ISBN　978-7-5461-1418-7

Ⅰ.　①轻…　Ⅱ.　①陶…②周…　Ⅲ.　①儿童画—技法（美术）
Ⅳ.　①J219

中国版本图书馆 CIP 数据核字(2010)第 117230 号

轻松涂画名著·水浒传　　　陶喆、周哲　编绘

出　版　人：左克诚　　责任编辑：周振华　　特邀编辑：夏钟波
责任印制：李　磊　　装帧设计：龚晓琴

出 版 发 行：时代出版传媒股份有限公司（http://www.press-mart.com）
　　　　　　黄山书社（http://www.hsbook.cn/index.asp）
　　　　　　（合肥市翡翠路 1118 号出版传媒广场 7 层　邮编：230071）
经　　　销：新华书店经销　　营销部电话：0551-3533762　3533768
印　　　制：合肥锐达印务有限责任公司　　电话：0551-2827094

开本：889×1194　1/16　　印张：5　　字数：100 千
版次：2010 年 7 月第 1 版　　2010 年 7 月第 1 次印刷
书号：ISBN　978-7-5461-1418-7　　定价：25.00 元